CW01369274

*Pour Leyla, et Lilya, et David, et Daniel, et Damien et Dorian,
pour les grandes et petites choses qu'ils feront dans leur vie.*

S. N.

Les Editions La Joie de lire bénéficient d'un soutien de la Ville de Genève sous la forme d'une convention de subventionnement.

© Editions La Joie de lire SA
5 chemin Neuf - CH - 1207 Genève
Tous droits réservés pour tous pays
ISBN : 978-2-88908-152-3
Deuxième édition : février 2014
Dépôt légal : novembre 2012
Imprimé en Chine

Mise en page : Kris Demey et Christelle Duhil

Sylvie Neeman & Ingrid Godon

Quelque chose de grand

LA JOIE DE LIRE

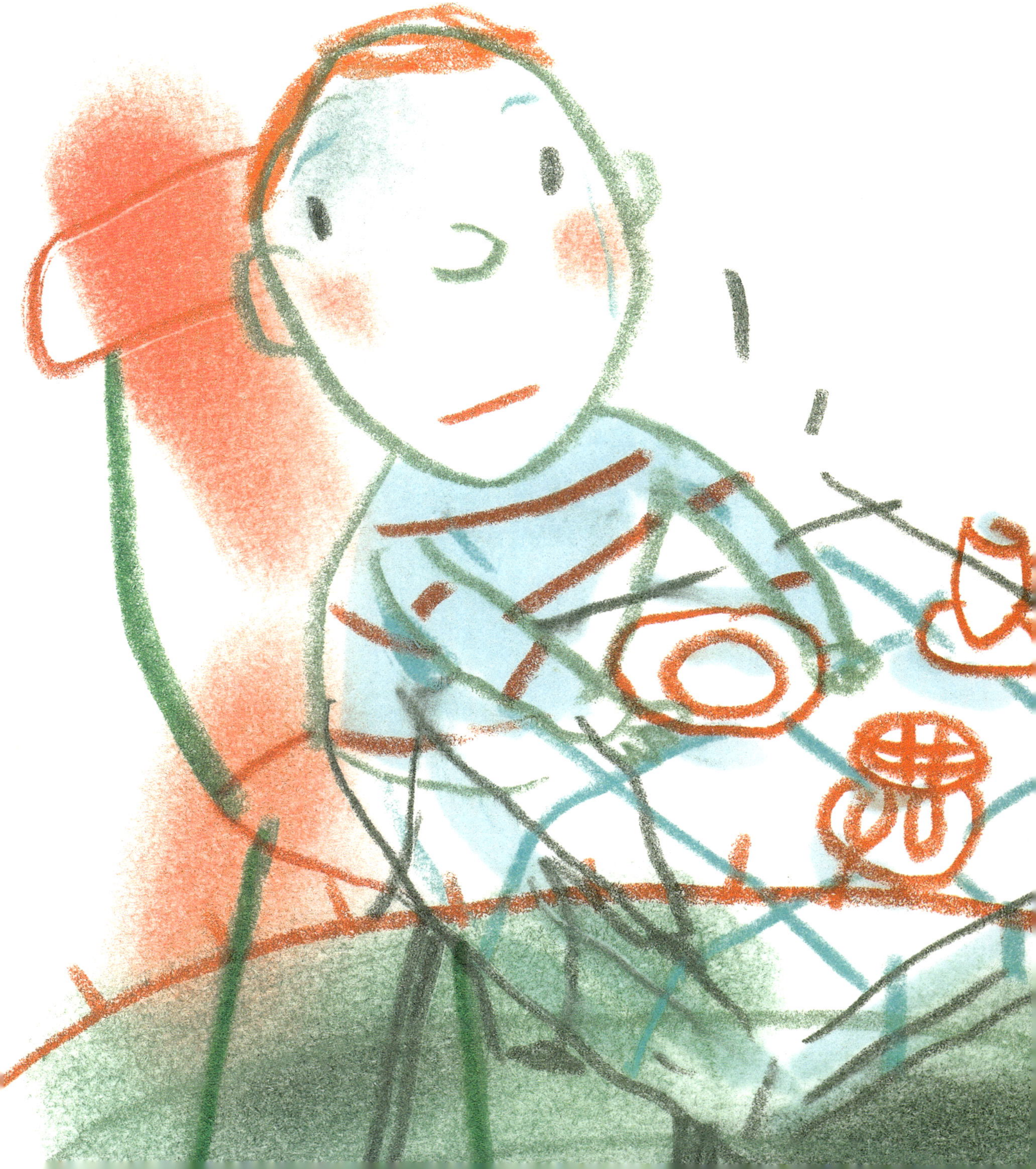

– Ça m'embête, dit le petit, en léchant
ses doigts pleins de confiture.
– Qu'est-ce qui t'embête ? s'inquiète le grand.
– Ça m'embête d'être petit parce que
je voudrais faire quelque chose de grand.

Le grand pose son livre puis demande :
– Quelque chose de grand comment ? Comme une montagne ?
– Oh non, pas comme une montagne, rigole le petit, c'est quand même trop grand !
– Comme un éléphant ?
Le petit réfléchit un moment, croque un bout de tartine, puis répond :
– Non, pas comme un éléphant, c'est trop gris.
– Grand comme une tour ?
– Non, c'est trop haut.
– Comme une maison, alors ?
– Je ne sais pas. Je ne crois pas. Ça ne ressemblerait pas à une maison en tout cas.
– Ça ressemblerait à quoi, alors ? demande le grand.

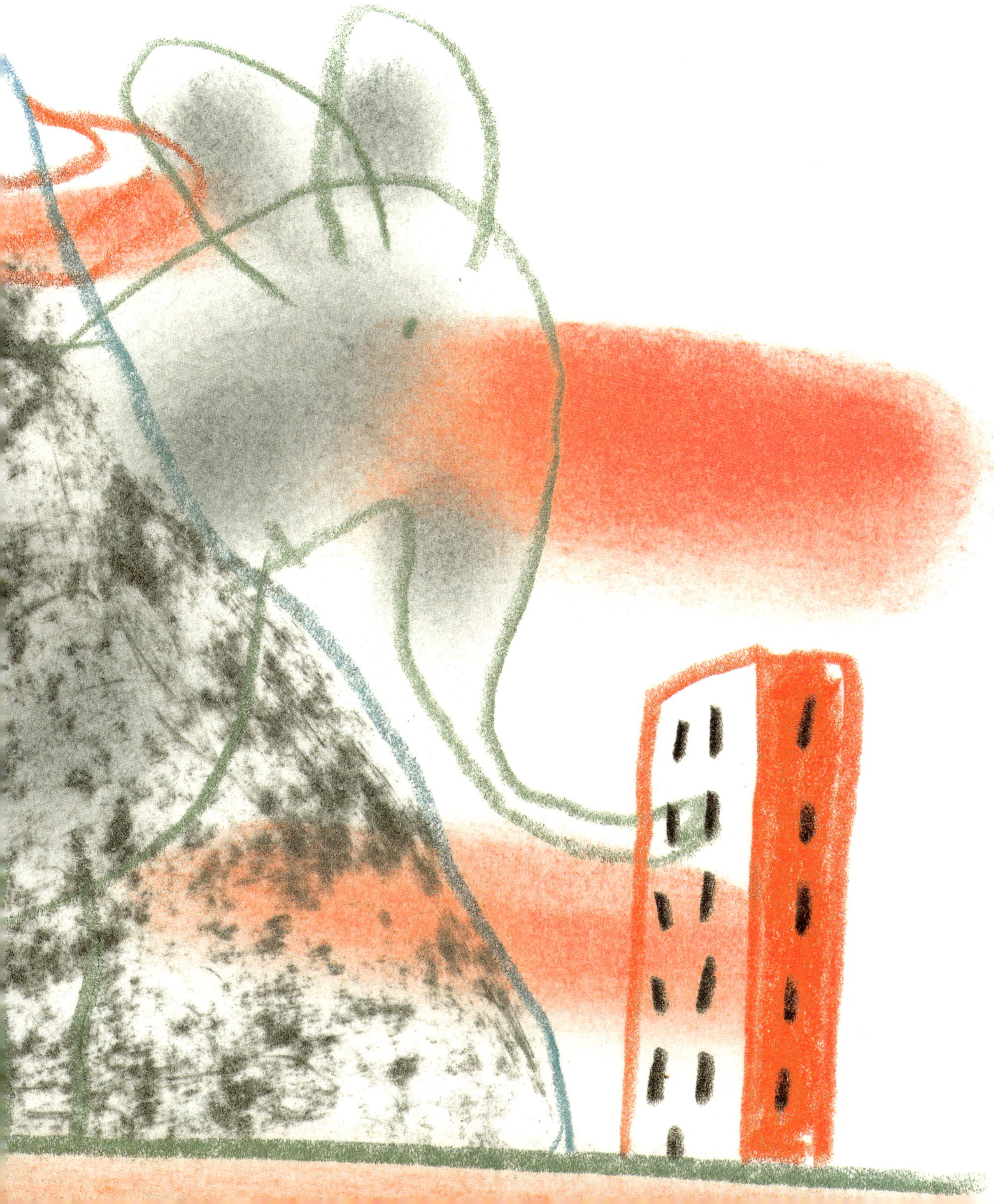

Le petit s'approche de la fenêtre, pose son front contre
la vitre froide et dit :
– Peut-être un peu à un phare, comme au bord de la mer.
– Mais c'est très haut aussi, un phare de bord de mer,
c'est presque comme une tour !
– C'est vrai, admet le petit, mais il y a la mer partout,
et la nuit il y a de la lumière.
– C'est vrai, admet à son tour le grand.

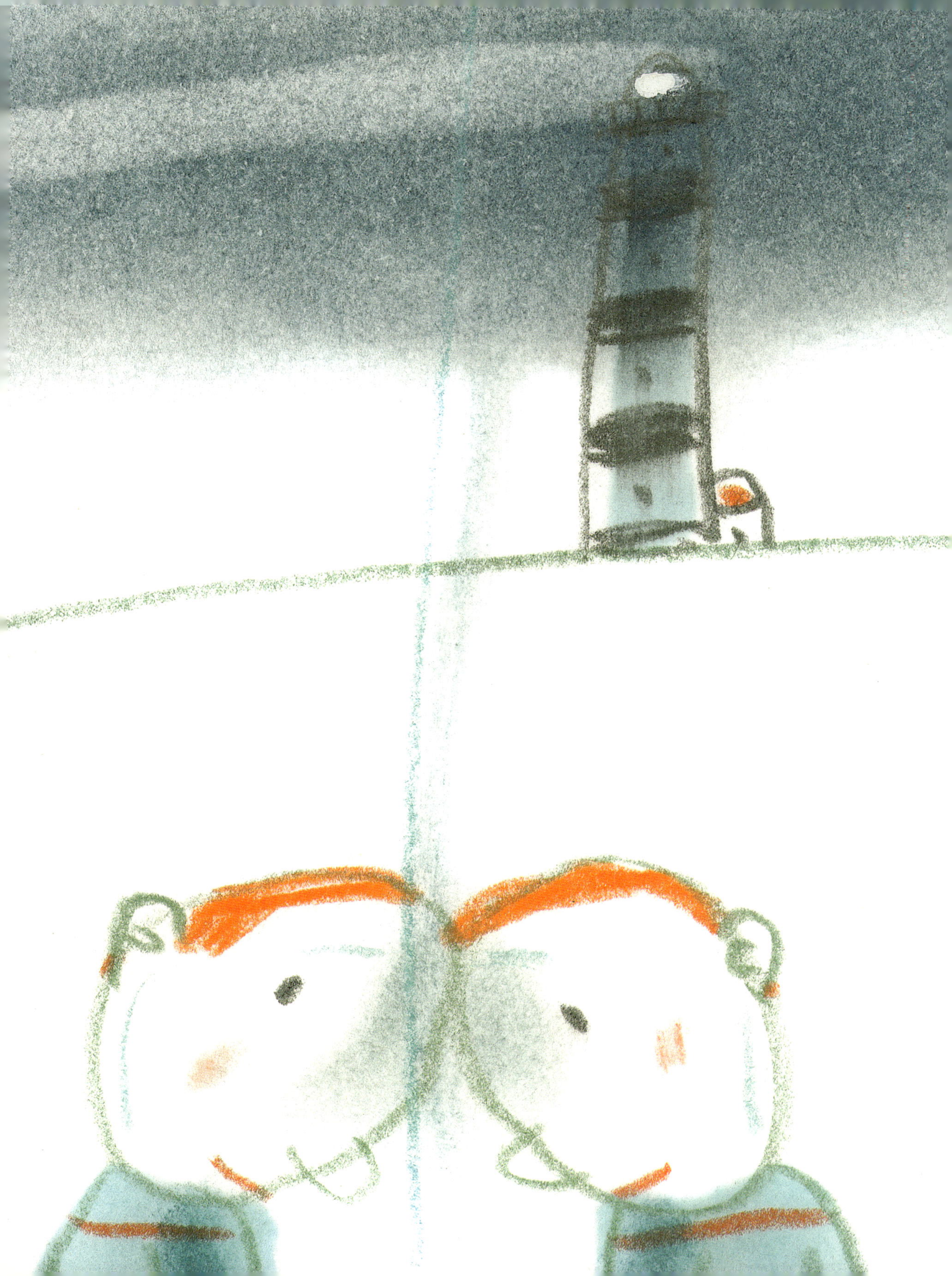

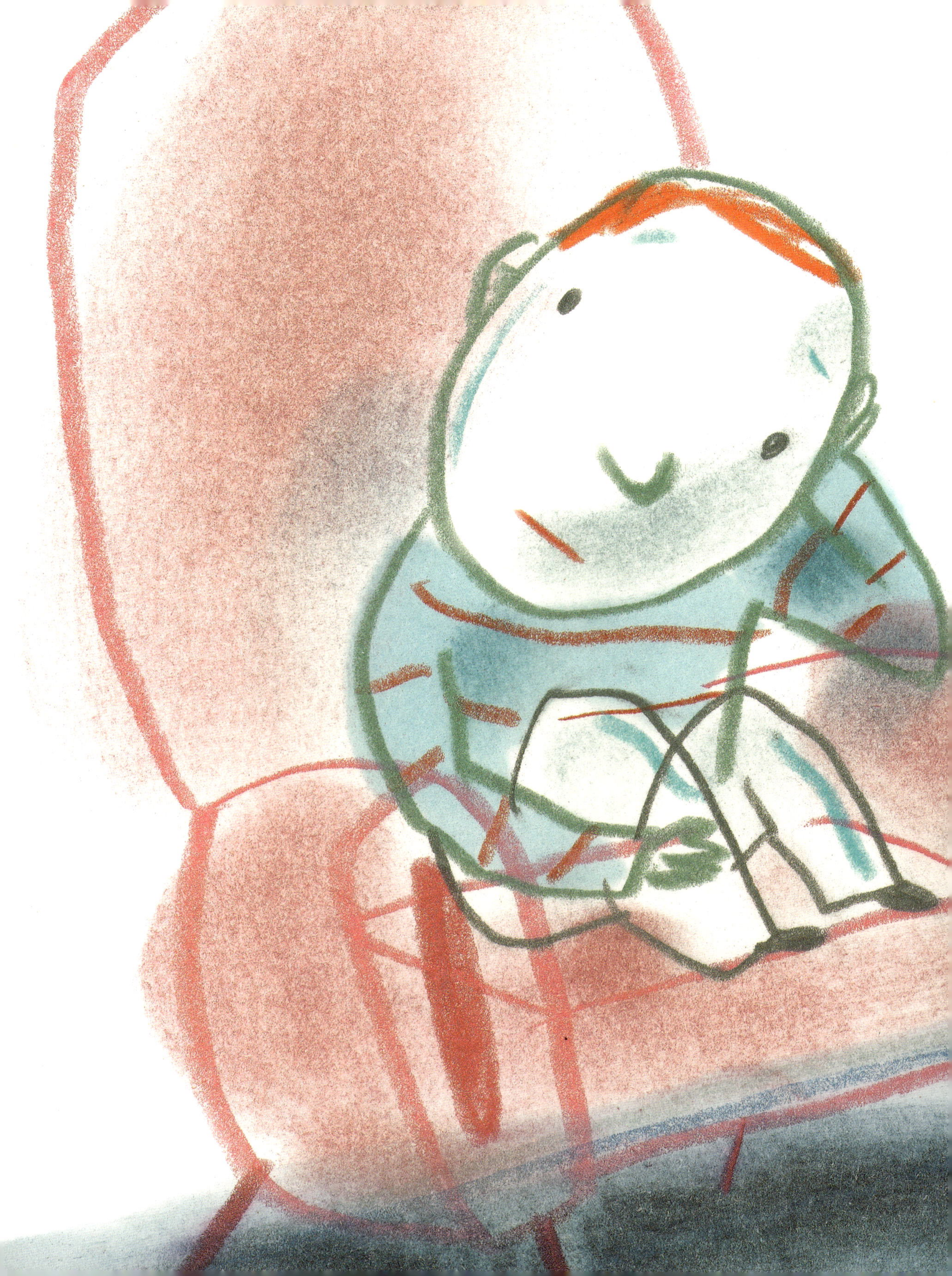

Le grand se lève, s'étire, bâille même et dit à la fin de son bâillement :
– Et donc tu voudrais construire un phare de bord de mer…
– Mais pas du tout, s'énerve le petit, tu ne comprends rien !
– Mais tu viens de me dire…
– Je t'ai dit que ce serait quelque chose de grand comme un phare, avec de la mer et de la lumière, mais je n'ai jamais dit que ce serait pour de bon un phare de bord de mer.
– Ah bon, je comprends, dit le grand qui ne comprend plus rien.
– Tant mieux, répond le petit, un peu rassuré, mais pas tout à fait quand même.

Le grand feuillette son livre, ça lui donne une idée :
– Est-ce que par hasard ce ne serait pas un peu grand comme un voyage ?
Le petit fait la moue :
– Non, un voyage, c'est trop loin.
– Bien sûr. Mais un voyage un peu près ?
Le petit réfléchit, il est d'accord, un voyage un peu près, ça pourrait y ressembler.
Mais il n'a pas l'air tout à fait content, et le grand s'en rend compte, parce qu'il connaît bien le petit, depuis le temps.

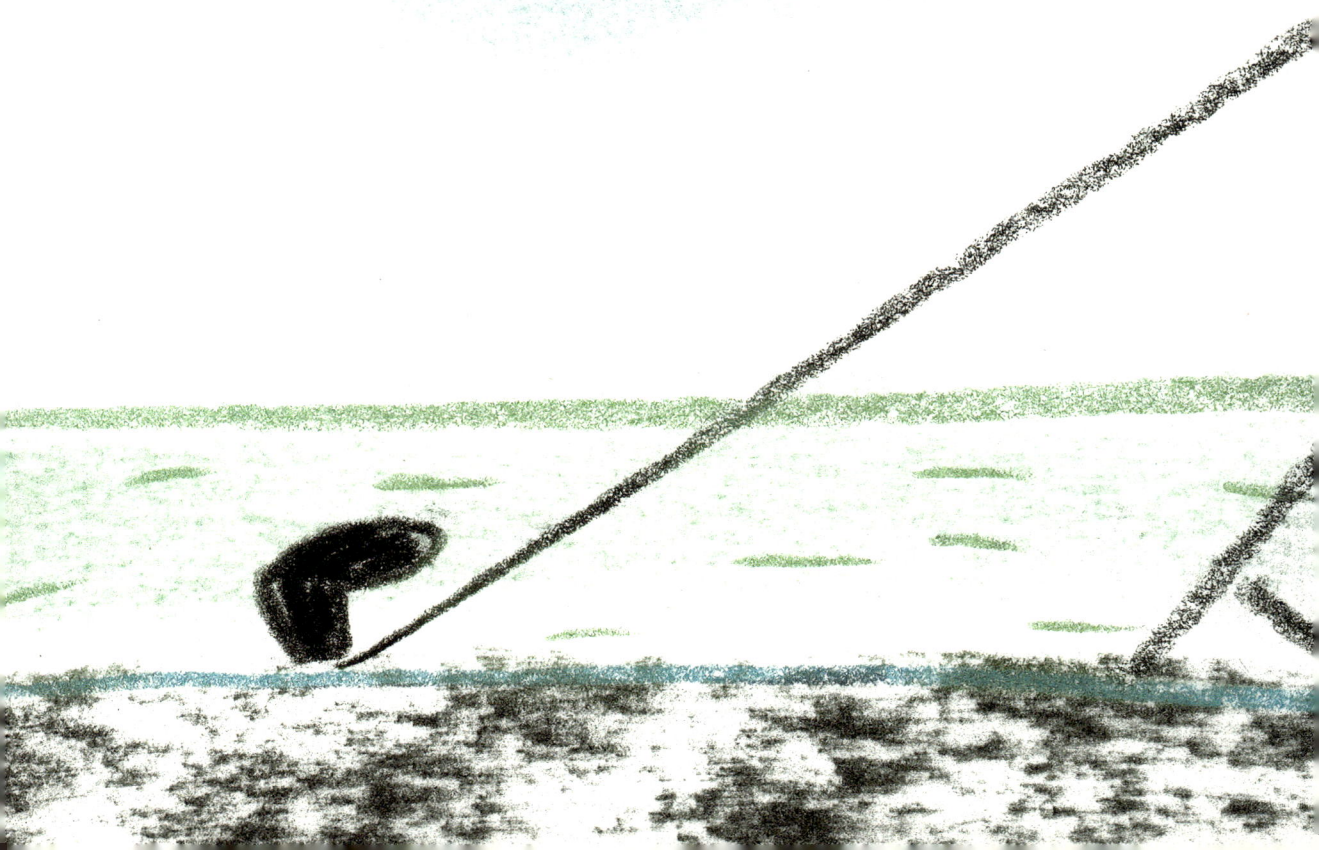

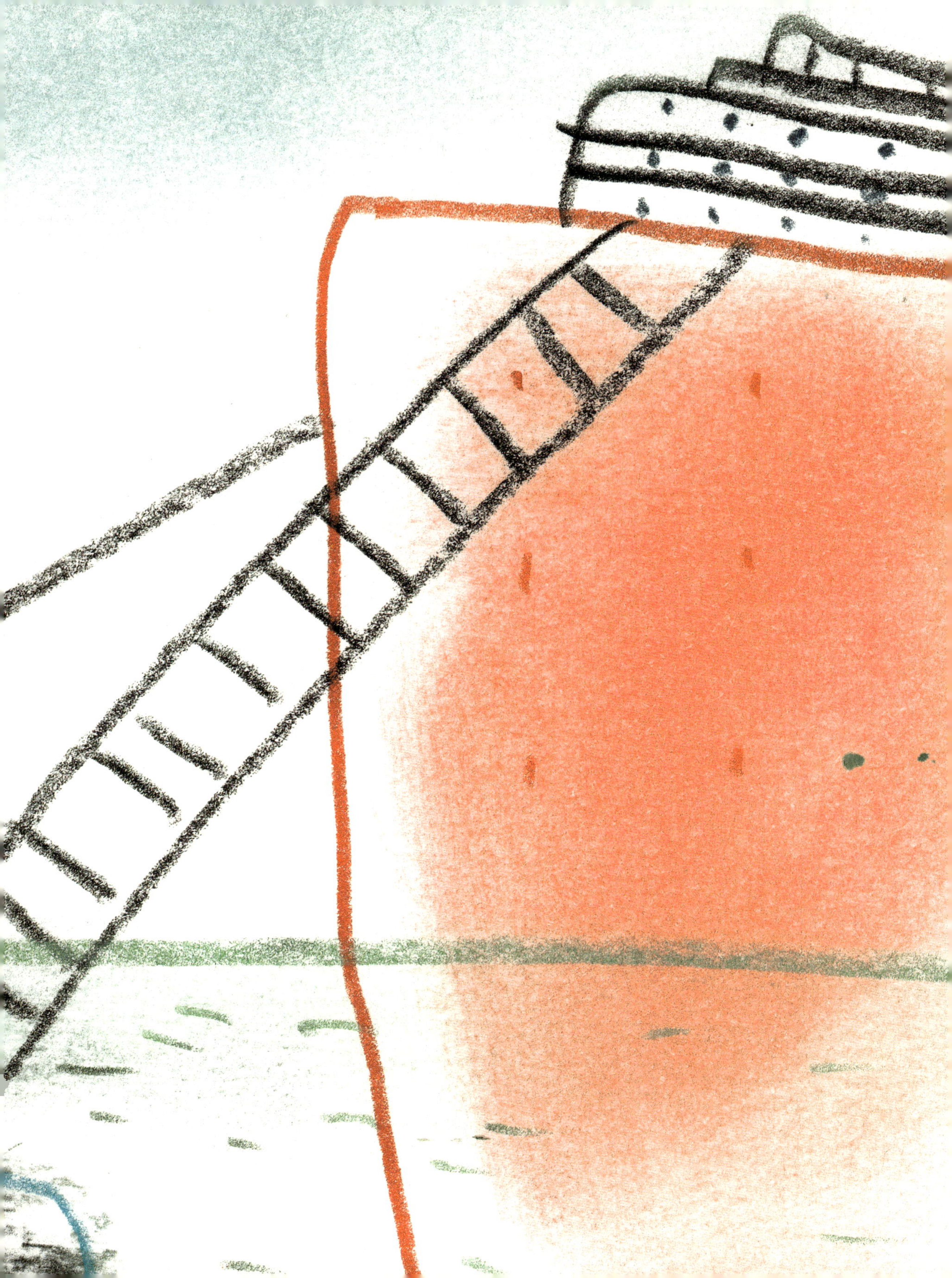

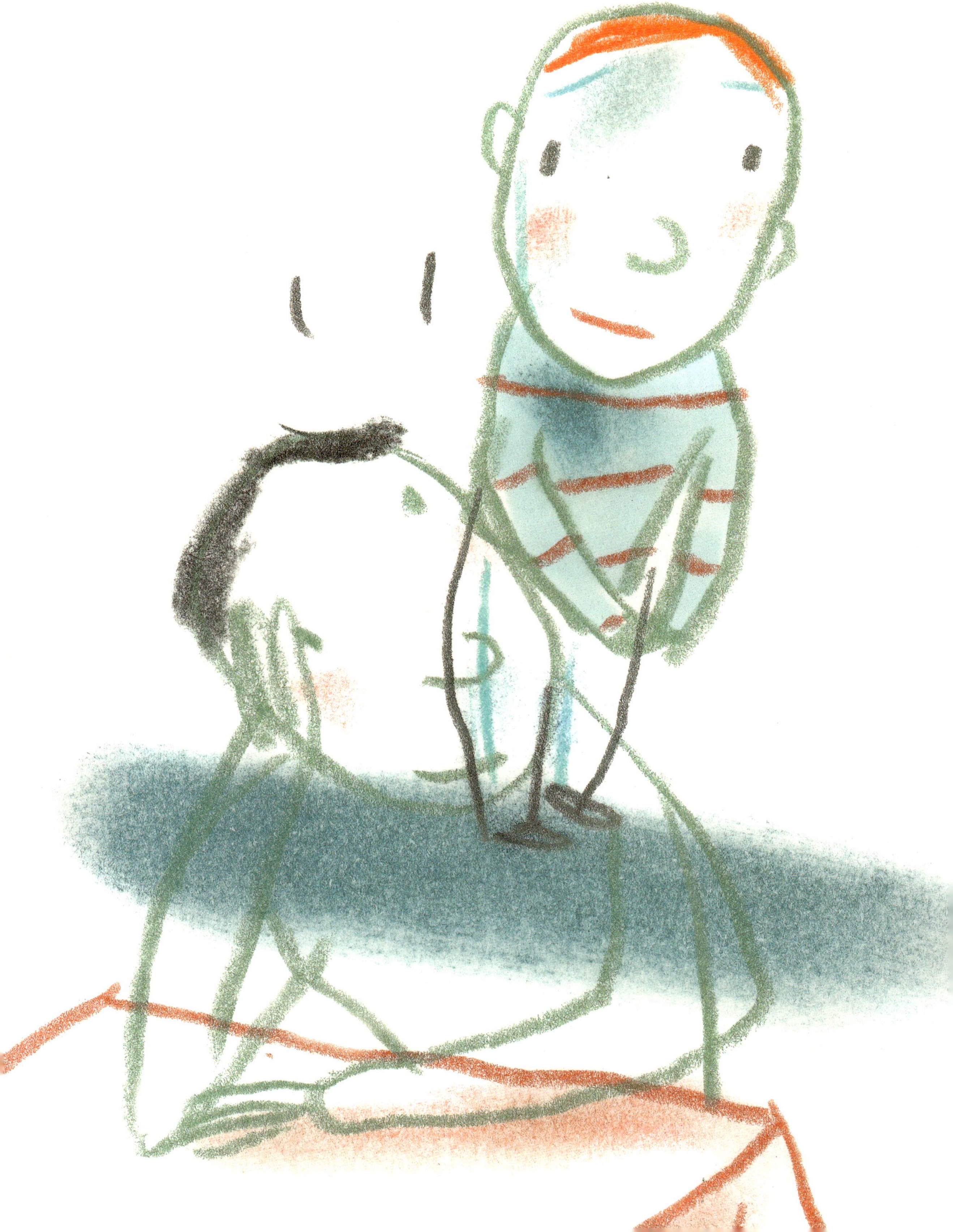

Il essaie de l'aider encore :
– Tu voudrais faire quelque chose de grand, mais ce n'est pas facile parce que tu es encore petit, on est d'accord ?
– Oui.
– Et si tu attendais d'être grand, pour le faire, ce serait peut-être plus simple ?
– Bien sûr.
– Mais…
– Mais c'est maintenant que je veux le faire. C'est pour ça que ça m'embête.

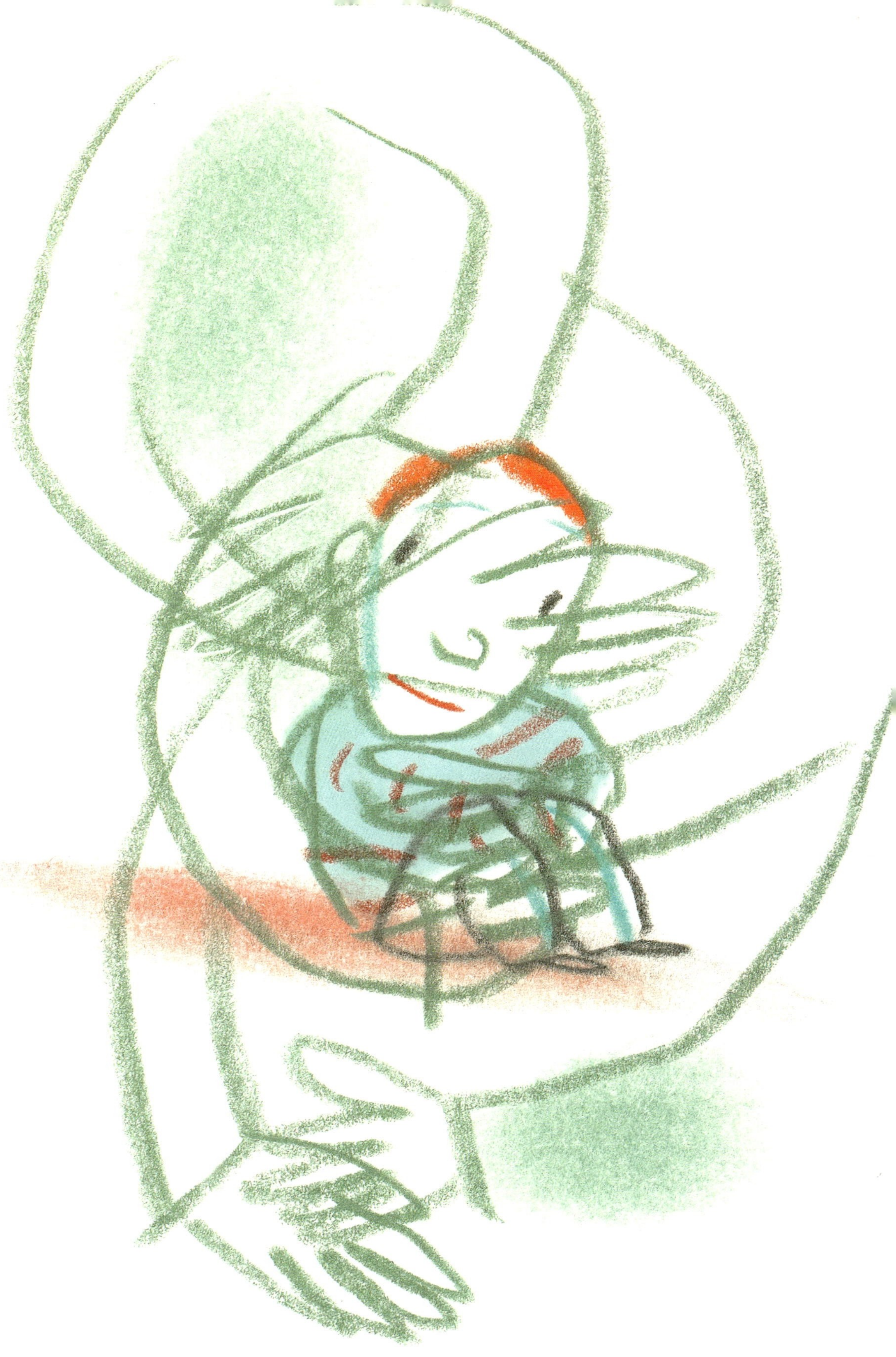

Le grand a tout à coup très envie de prendre le petit dans ses bras, mais il n'ose pas, il pense que le petit, en ce moment, n'en a peut-être pas vraiment envie.
Il faut d'abord résoudre ce problème de grandes choses.

– Et si on allait se promener ?
– D'accord, dit le petit. Je mets mes bottes.

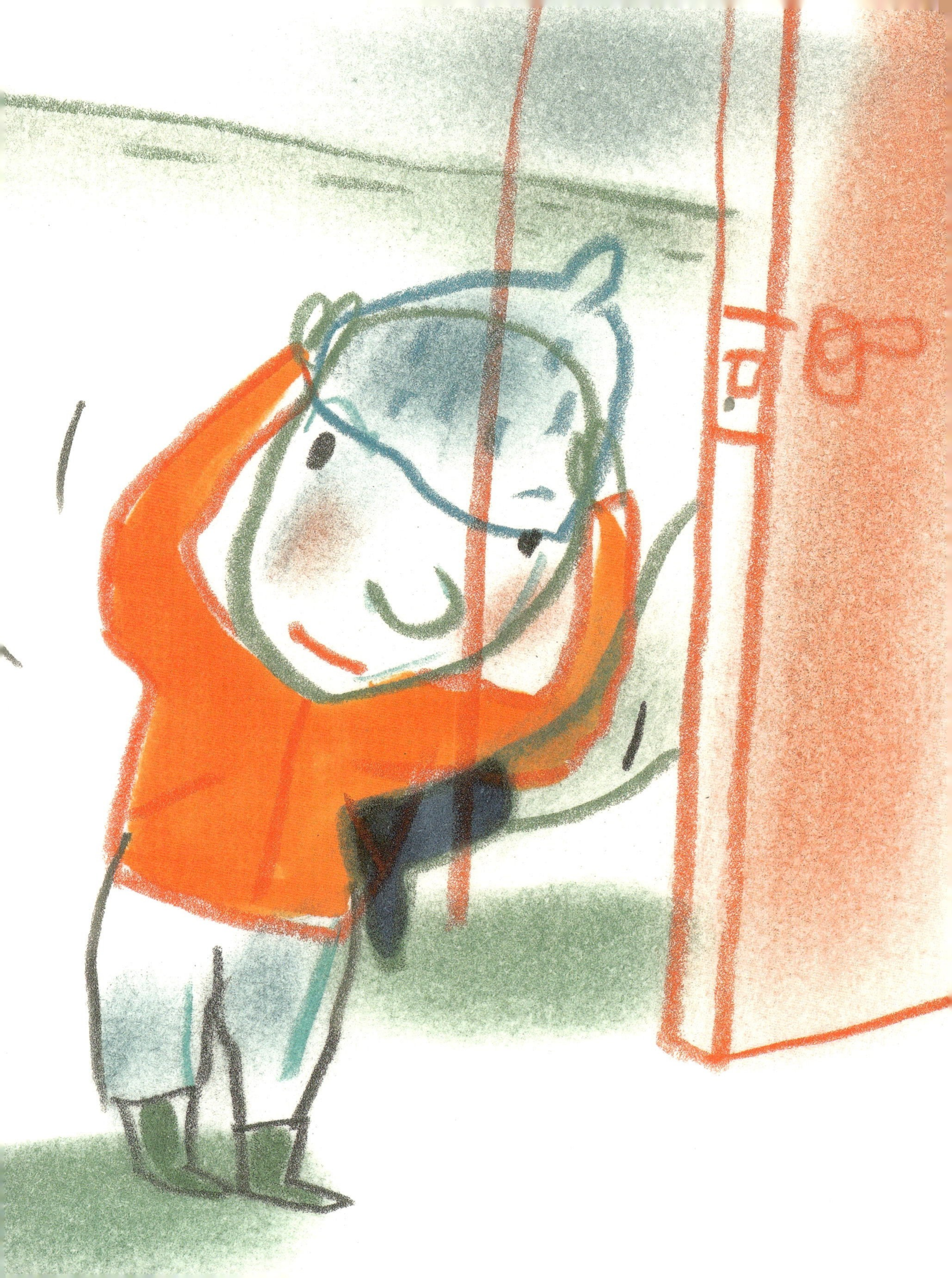

Il pleut un peu dehors, mais pas beaucoup. Il pleut juste ce qu'il faut, pense le grand en regardant le petit courir en avant vers la mer.
Il pense aussi que décidément il aime beaucoup ce petit-là, avec ses drôles d'idées et ses drôles de bottes. Il n'arrive pas à se souvenir si lui aussi, avant, quand il était encore petit, il avait ce genre d'idées dans la tête.

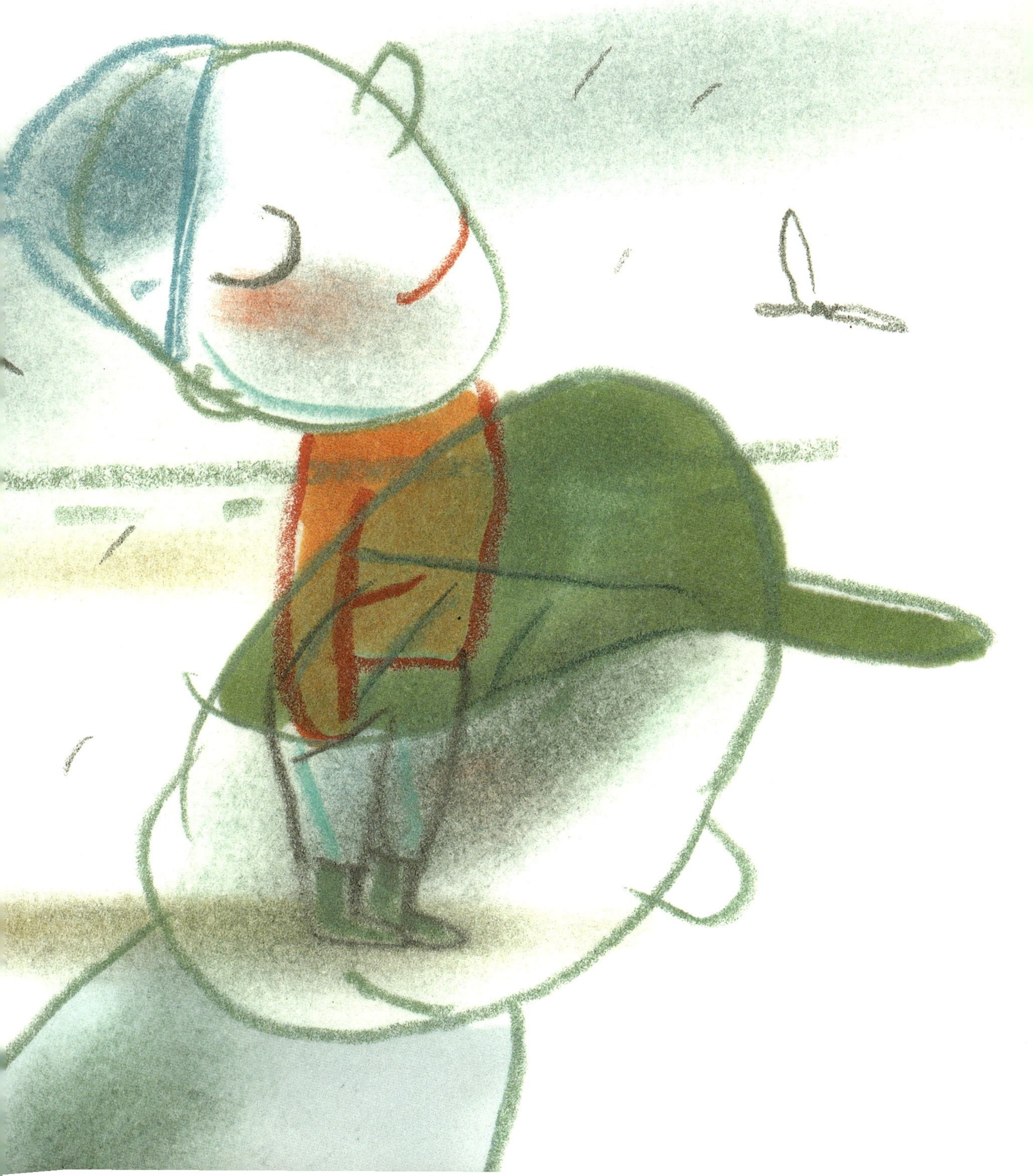

Le petit court à présent sur le sable en tendant les bras de côté, il dessine un large cercle en faisant des bruits d'avion avec sa bouche.

– Et si c'était grand comme ce rond que tu fais là ? propose le grand, plein d'espoir…
– Mais non, répond, tout essoufflé, le petit, ce serait beaucoup trop facile.
Et il cesse de courir, vient marcher aux côtés du grand et lui prend la main.

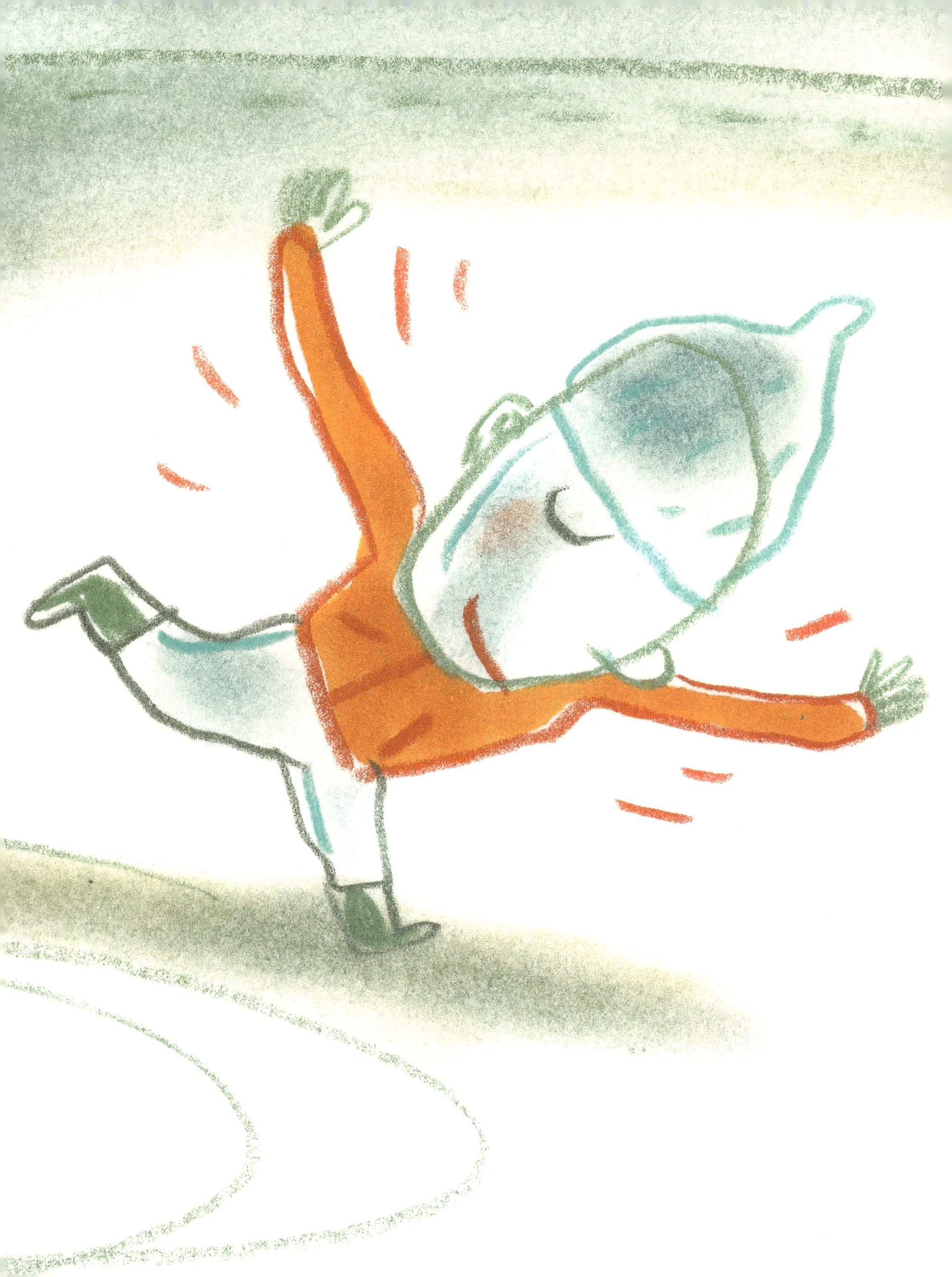

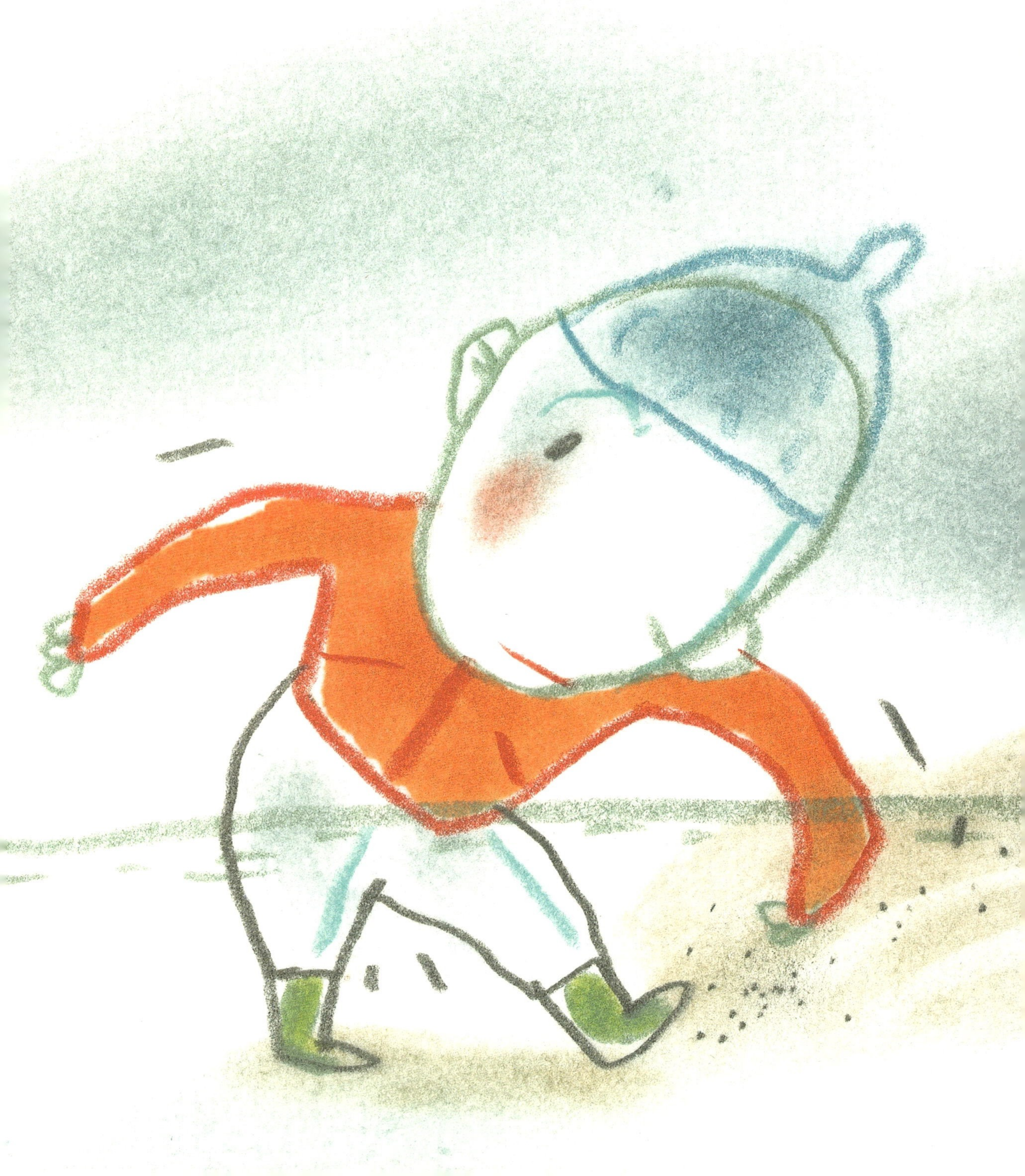

Au bout d'un moment, le grand suggère :
– Moi je pourrais faire quelque chose de petit et toi quelque chose de grand, et on pourrait s'entraider.
Le petit fronce les sourcils, on dirait qu'il va gronder le grand :
– Je ne crois pas que c'est possible, il dit. Et je ne crois pas que c'est une bonne idée, que toi, à ton âge, tu fasses quelque chose de petit.
– Oui, effectivement, admet le grand.
– Et puis, ajoute le petit en donnant un coup de pied dans un tas de sable, se forcer à faire quelque chose de petit, ce n'est pas très malin.
– Oui, effectivement, répète le grand.
– On n'est pas très avancés, hein ? constate le petit en souriant.
– Pas très, mais un peu quand même, répond le grand, et il le pense vraiment.

Ils s'approchent du bord de la mer, là où les vagues décorent la plage d'une écume de chantilly, là où elles font le bruit que ferait un enfant en fouillant dans un sac plein de billes de verre.

Le petit dit :
– Quand on regarde la mer, on pense qu'on y arrivera, à faire quelque chose de grand. Tu ne trouves pas ?
– Si, répond le grand. La mer, le ciel, les montagnes, ça donne ce genre d'impressions.

Au bout d'un moment, le grand demande :
– On rentre ? Il fait froid.
– D'accord, dit le petit, un peu déçu peut-être.

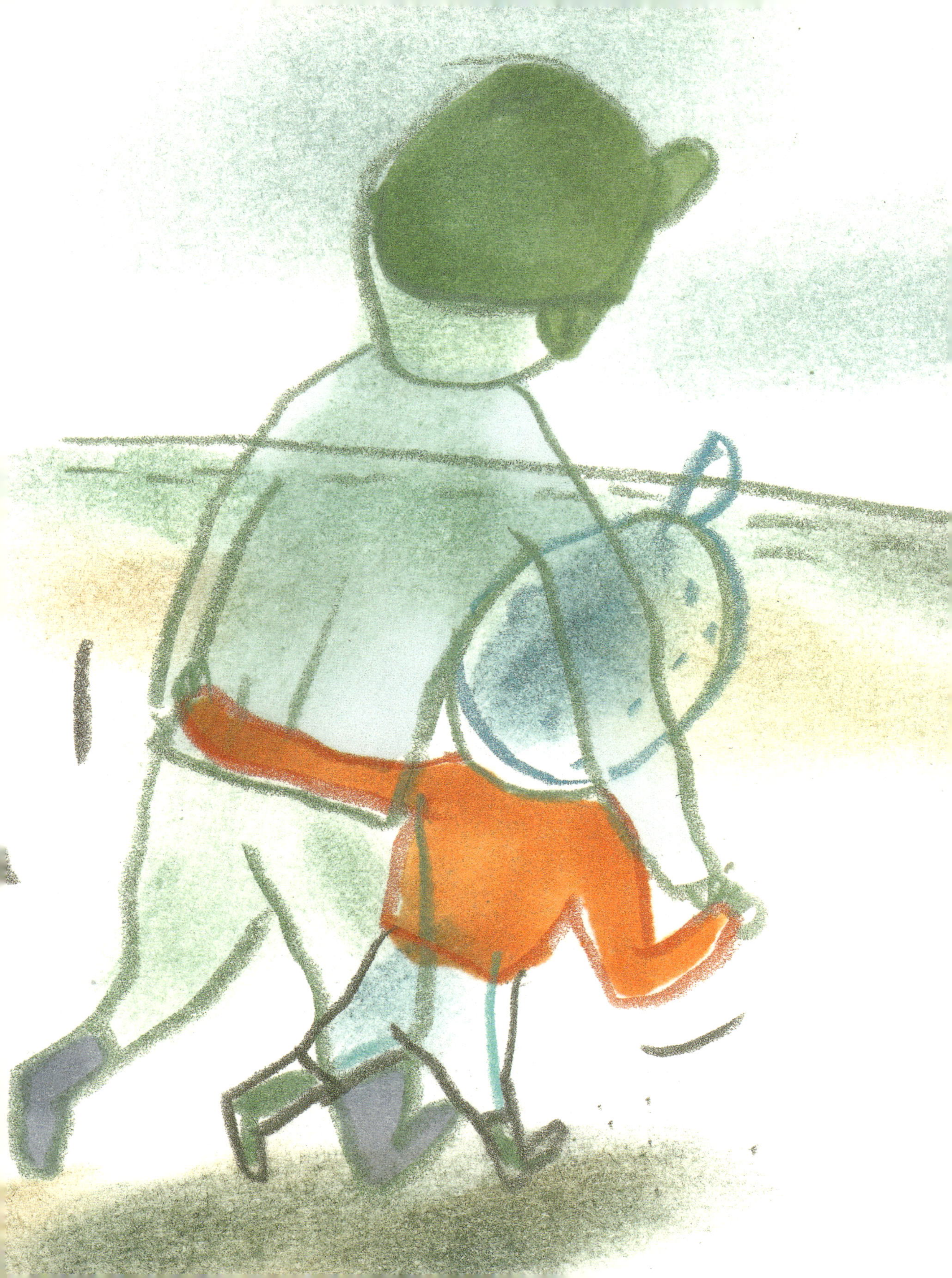

Ils font demi-tour, mais pour prolonger la promenade,
le grand propose d'aller encore vers les rochers, là-bas.
Et c'est là-bas que le petit le voit : un poisson rejeté
par la mer et resté prisonnier d'un trou dans la roche
que les vagues remplissent parfois, et parfois non.

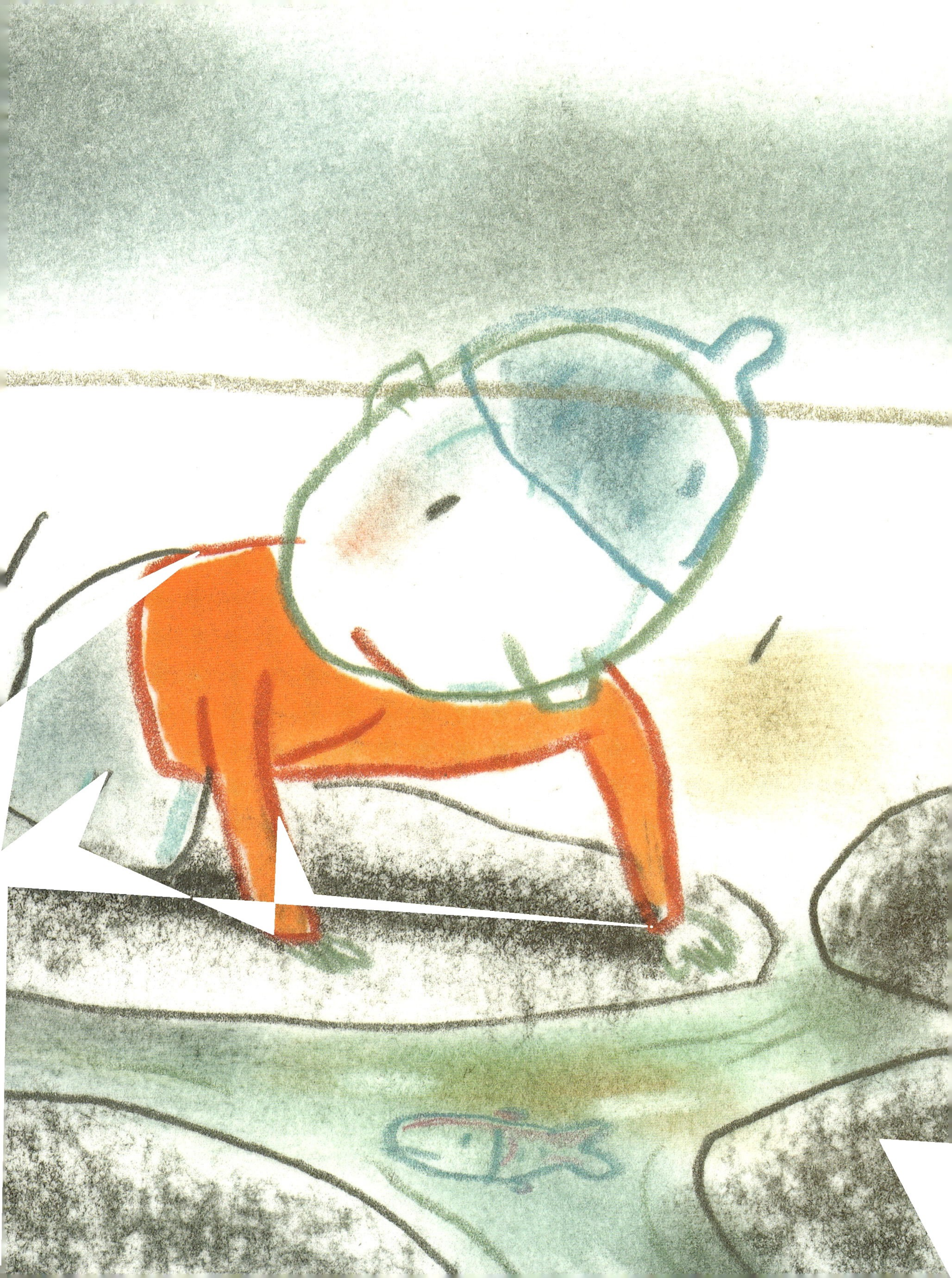

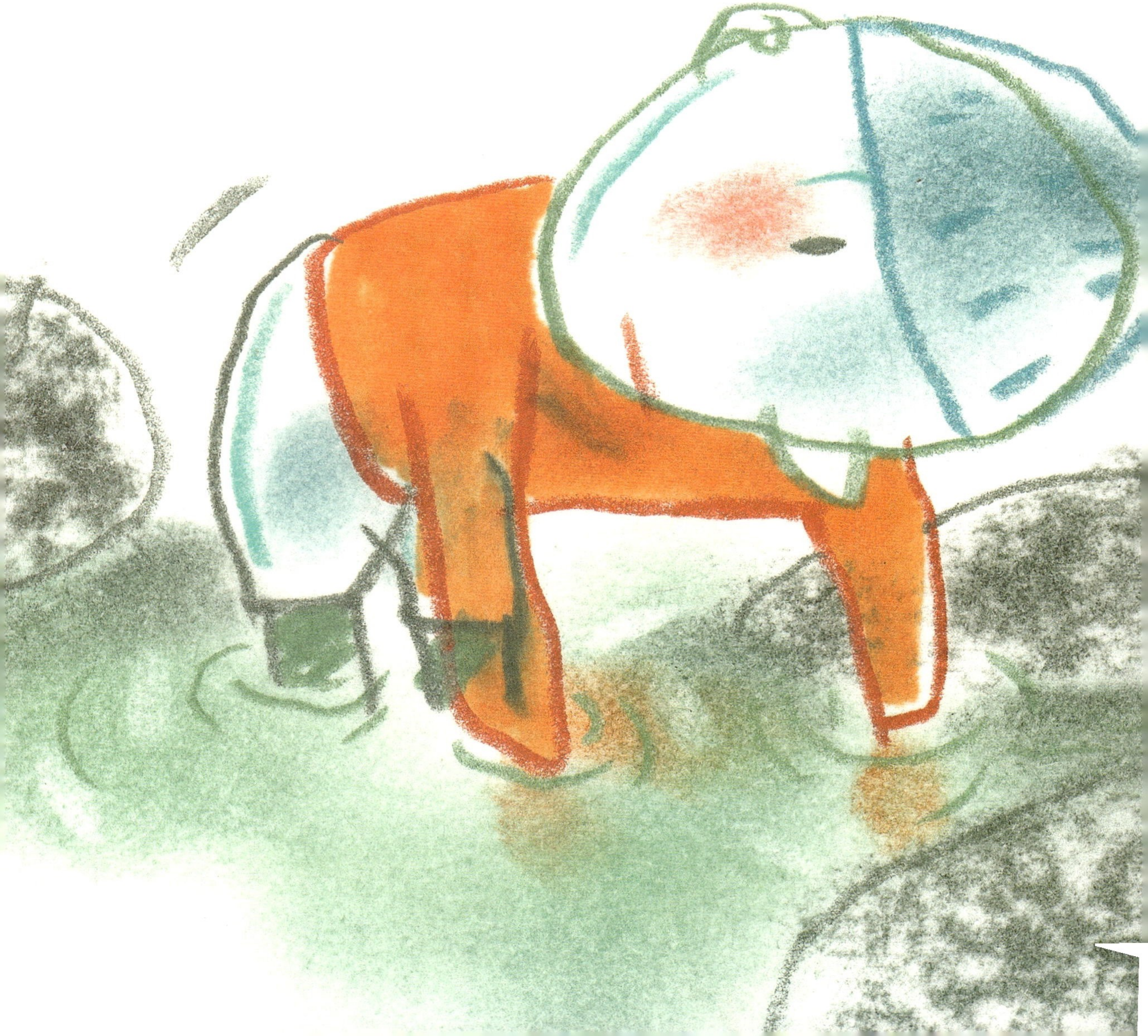

Le petit s'avance, se baisse et prend le poisson entre ses mains. Il fronce les sourcils, parce que c'est difficile à faire, le poisson est si lisse, si glissant.

Marchant doucement, le petit retourne sur le sable, se dirige
vers la mer, et entre dans l'eau. Il fait quelques pas encore avant
de relâcher le poisson. Il reste un moment à regarder la surface
de l'eau, peut-être qu'il arrive à le voir nager.

Quand il sort de l'eau, il est tout trempé et tout frissonnant.
Et la main qu'il place dans la main du grand est mouillée et froide.

– On va rentrer et je ferai un feu, et on boira un chocolat chaud,
dit le grand en mettant leurs deux mains, celle toute mouillée du
petit et la sienne, un peu sèche, au fond de la poche de sa veste.

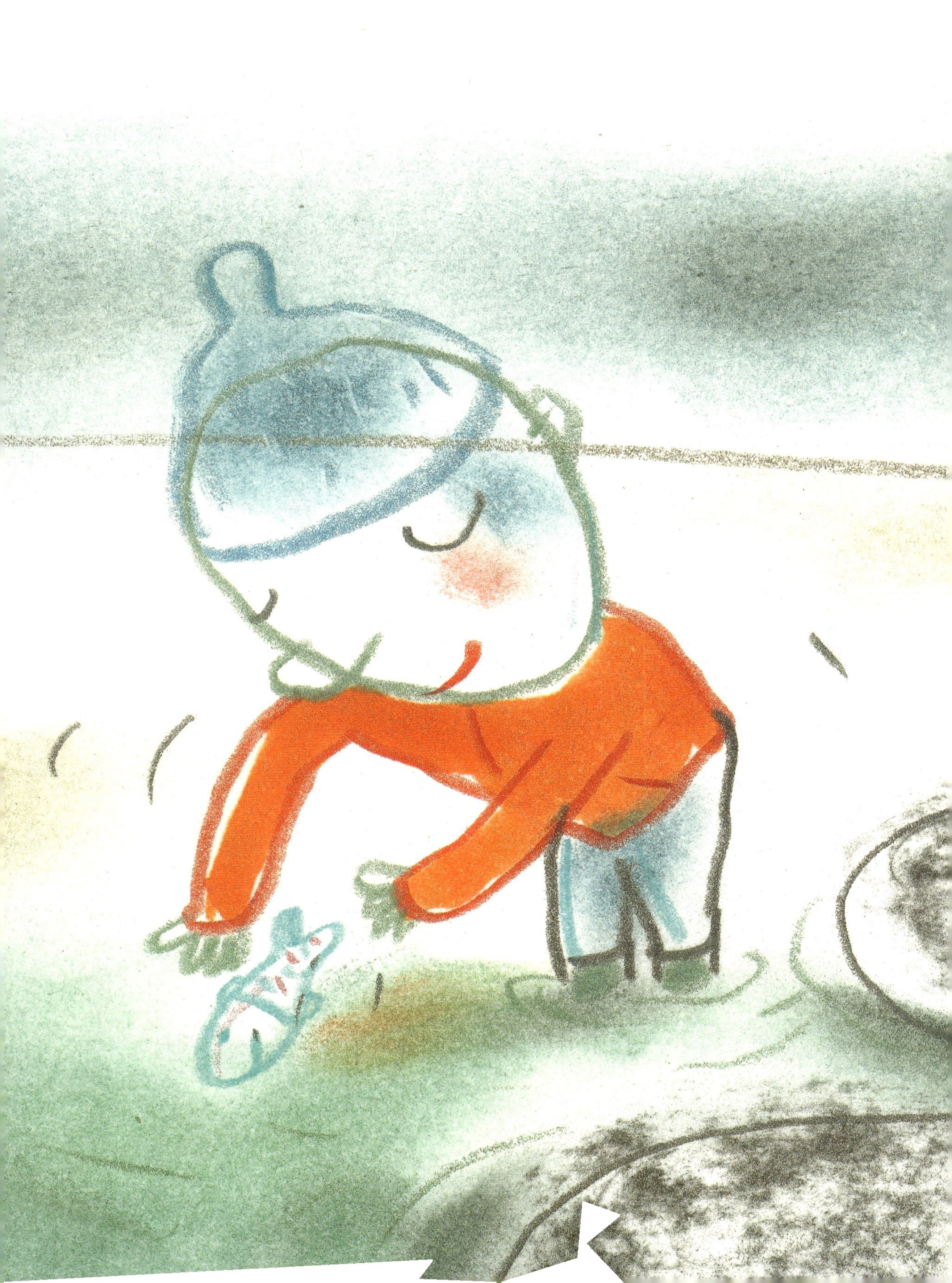

Ils marchent sans se parler. Ils regardent le sable, et ils écoutent la mer. Au bout d'un moment, le grand dit :
– Tu sais, je crois que ce que tu viens de faire là, c'était quelque chose de grand.
– Tu crois ? demande le petit en fixant son pantalon où le sable se colle à chaque pas, et chaque pas alourdit encore sa marche.
– J'en suis sûr, répond le grand en soulevant le petit dans ses bras.

Et il le porte jusqu'à la maison.

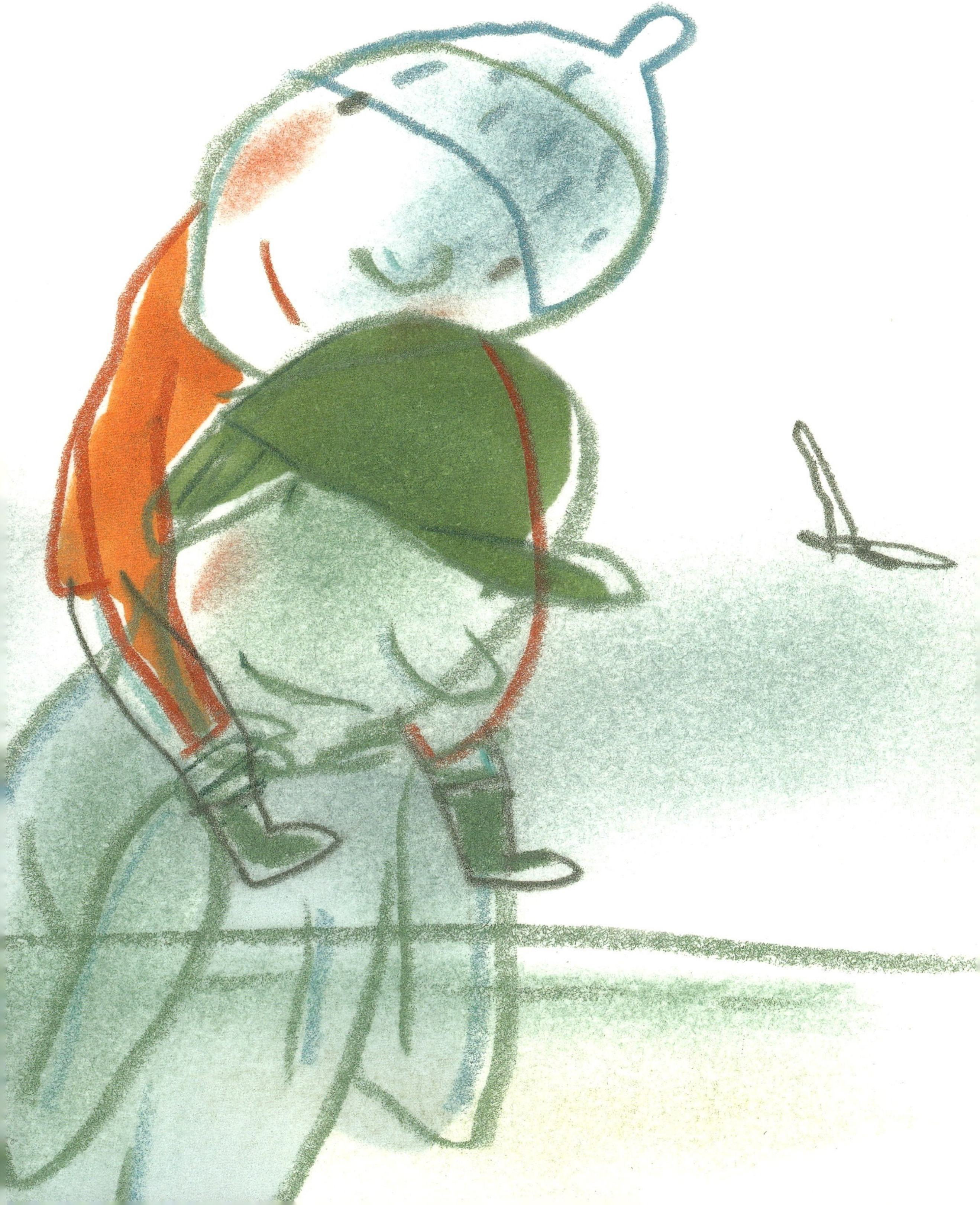